청어詩人選 478

한 번쯤
뒤돌아보자

冬松 김윤홍
여섯 번째 시집

청어

시인의 말

"시는 한가한 사람의 푸념이 아닙니다"

제6집 출간이 많이 늦었습니다.
오래 밀린 숙제를 하는 심정으로
지각생의 심정으로 원고를 정리했습니다.

이렇게 미루고 저렇게 미루다 보니
혼기를 놓친 노총각 노처녀가 되는 것 같습니다.

이어 올해 출간될 예정인 『크리스천을 위한 영성 시집』과
『동송 시선집』의 출간을 위해서도 기도 부탁드립니다.

한 번쯤 가던 길을 멈추고 뒤돌아보는 것은
미련이나 후회보다도
성찰을 위해 필요한 것 같습니다.

독자 여러분과의 공감과 공유를 기대합니다.
여러분의 삶에 기쁨과 감사가 넘쳐나기를 기도합니다.

2025년 입춘을 맞이하며
동송 김 윤 홍

차례

2부 어느 인생의 깨달음

3부 멈춤 그리고 뒤돌아봄

4부 너는 평지가 되리라

1부

봄봄봄봄

새봄

봄은
꽃으로 피어난다
항상
새롭게 피어난다
그래서
새봄인가 보다

겨우내
볼 수 없었던 생명들이
새싹으로 돋아난다
하나씩, 둘씩 눈맞춤 한다
그래서
새봄인가 보다

봄봄봄봄

봄은 보는 것이다
온갖 새싹을 본다
생명의 신비를 본다
눈으로 본다
마음으로도 본다
새 생명의 신비를 본다

봄은 피어난다
잎으로 피어난다
꽃으로 피어난다
다시 새봄을 노래한다
그래서 봄은 늘 새봄이다

봄은 부활이다
시들어 말라버린 것들이
죽어 사라져버린 것들이
눈에서 멀어진 것들이
새 생명으로 숨쉬기 때문이다

이것이 너와 나의 봄이다

봄, 다시 찾아오다

코로나의 계절에도
봄은 여지없이 찾아왔다
햇살은 부드럽고 바람은 싱그럽다
새들도 목소리가 청아하다
봄은 모두에게 공평하게 찾아온다

어둠 속 숨죽이던 새싹들이 돋아난다
희망을 가져야 할 이유가 이것이다
돌 틈 사이 민들레 피어나고
천덕꾸러기 좁은 골목길
키 작은 제비꽃도 봄을 맞이한다

봄, 봄이 다시 찾아왔다
오르막 인생길에서는
보이지 않았던 봄꽃들이
내리막 인생길에서는
수줍은 미소로 손짓한다

*코로나: 2019년부터 3년 동안 유행했던 바이러스

노년의 봄

가슴 뛰던 청춘의 봄은 아니어도
늙어가며 맞이하는 봄도 참 좋다

봄이 주는 향긋함과 따스함은
나이가 들어갈수록 감사할 뿐이다

봄은 봄을 기다리는 사람에게도
봄을 기다리다 지친 사람에게도

어여쁜 새색시처럼
수줍은 미소로 사뿐히 다가온다

부활의 계절에 찾아온 새봄이다
어깨를 펴고 다시 시작해 보자

우리는 이 찬란한 봄을
몇 번이나 더 맞이할 것인가?

봄날은 간다네

시린 겨울을 견뎌내고
가장 먼저 미소를 머금고 피어난
남녘의 매화가 하는 말
분홍빛 봄날도 한순간이라네
길손과 눈도 다 마주치지 못해도
오늘을 가장 소중하게 사시게나

세상을 노란 물결로
수놓고 싶은 야심을 가졌던
산수유, 유채꽃, 수선화, 개나리들
한목소리로 하는 말
금쪽같은 봄날도 잠깐이라네
마음 비우고 햇살이나 즐기시게나

한 점 흠도 없이 피어나
순결한 세상을 꿈꾸었던
벚꽃, 살구꽃, 목련, 배꽃들도
합창으로 들려주는 말
화창한 봄날도 한순간이라네
그것도 모르면 사람이 아니라네

봄이 오는 길목에서

눈에 보이는 것이
너무 많아
머리가 쉴 겨를이 없다
발에 거치는 것이
너무 많아
꼭 가야 할 길을 가지 못한다

사랑한다고 고백하면서도
소망을 갖고 살면서도
인도하심을 구하면서도
잠깐 보이는 신기루에
시선을 빼앗기고
의미 없는 것들에
혼을 빼앗기며 살고 있다

산꼭대기의 하얀 전망대처럼
하늘을 바라보지 못한다
잠시 있다가 사라질 것들에 얽매여
허송세월하며 살고 있다
어깨의 짐 다 내려놓고
저 넓은 세상으로 가보자
영원을 위해 살아가 보자

작은 풀꽃 이야기

그 어느 날엔가
동쪽에서 불던 바람이
우물쭈물하며 서성이던
나를 이곳으로 데려다주었다오

지금 이 둥지에서
자리를 잡고 살아가지만
내 의지와는 상관없이
오늘 난 여기에 머물게 되었다오

작은 풀꽃으로 태어나
한적한 시골 모퉁이에서
지난날을 추억할 겨를도 없이
햇살의 은혜를 입고 살고 있다오

비록, 작고 볼품없어도 난
뜨거운 햇살을 견뎌낼 줄 안다오
세찬 빗줄기도 버텨낼 줄 안다오
거친 바람이 불면
살며시 고개를 숙일 줄도 안다오

꿀벌의 외침

비(bee) 비-비-비-
내 별명은 부지런한 일꾼
말벌하고는 다른 종족이란다
달콤한 벌꿀을 만들어
사람을 먹여살리는 종족이니
날 못살게 굴지 말아주길 바란다

앵-앵-앵-앵-
내가 부지런히 중매를 해야
호박꽃도 열매를 맺고
과일나무도 열매를 맺는단다
그러니 날 우습게 보지 마라
나는 품삯도 바라지 않는단다

윙-윙-윙-윙-
나는 무익한 벌레가 아니다
내가 해야 할 일을 할 뿐이니
날 무서운 존재로 보지 마라
날 귀찮은 존재로 보지 마라
내가 없으면 너희도 살 수 없단다

달팽이

나는 뜨거운 햇살보다
흐리고 비 오는 날이 좋습니다
빗방울 친구가 찾아오는 날에는
미끄럼틀 놀이도 하면서
마냥 신나게 놀 수 있기 때문입니다

나는 달리기보다
기어오르는 것을 좋아합니다
숨바꼭질을 좋아하고
자웅동체(雌雄同體)이기는 하지만
뜨겁게 사랑할 줄도 압니다

느리고 느리게 게으름을 즐기며
야행성으로 살아갑니다
등껍질 속에 들어가
잠자는 것도 좋아합니다
그래도 할 일은 다 합니다

지렁이보다 귀엽지 않나요?

예봉산 아침 풍경

산골짜기에 돋아난 목화솜들이
하얀 구름으로 피어나 날아오른다
예봉산 산허리를 포옹하며 껴안는다
숲속 만 가지 생명들을 어루만진다
서로를 주고받으며 한 몸이 된다

아, 솜사탕처럼 피어나더니
하얀 치맛자락을 휘날리며 한순간에
예봉산 꼭대기까지 덮어버린다
공중제비를 하며 곡예를 부린다
하얀 머플러를 날리며 방랑길을 떠난다

천사 같은 네 모습을 보며 산다는 것은
두물머리 사는 이의 기쁨이 아니겠는가?

소망 예찬

소망아, 너는
언 땅을 뚫고 나오는 새싹이다
죽은 자를 일으키는 마법이다
네가 사라진 거리는
기차가 끊어진 철길이다
짙은 어둠에 덮인
아주 위험한 골목길이다

소망아, 너를 떠난 사람들은
갈 길을 잃고 헤맨다
이리저리 방황하다
기진맥진하여 쓰러지고 만다
별도리 없음을 알고
불안과 두려움에 떤다
아스팔트 위에서 몸부림치는
지렁이 신세가 된다

소망아, 너는
어미 독수리의 날갯짓이다
거친 비바람 속에서도
맑고 드넓은 하늘을 보는 것이다
죽어가는 자를 살리는 샘물이요
생명을 살리는 빛이다

오, 너의 위대함이여
절망 중에도 내 곁에 있어다오
나를 떠나지 말아다오

키 작은 느티나무

신작로 구석진 곳에
우두커니 서 있던 너는
병아리 날갯짓하는
키 작은 느티나무였다
눈, 비, 서리 내리고
찬바람 부는 날에는
이리저리 흔들리며
파르르 떨고 있어야 했다
하지만, 아무도 울음소리 듣지 못했다

사방이 캄캄한 밤길
밤이 주는 두려움이 찾아와
어둠이 주는 외로움에 떨었지만
아무도 너의 신음소리를 듣지 못했다
가슴 미어지는 슬픔을 삼키며
끝 모를 외로움과 마주하면서도
그냥, 그 자리 웅크리고 있었다

가을에는 겨울을 생각하고
겨울에는 봄을 생각하며 사는 동안
나이테는 점점 굵어져 갔다
조요한 달빛에 생기를 머금으며
묵묵히 누군가를 기다리며
아름드리로 영글어 갔다
어둠이 걷히고 먼동이 트자
너는 큰 바위 얼굴이 되었다

길손들에게 그늘을 내어주며
오늘도 묵묵히 그 자리에 서 있다

5월의 기도

주님
당신의 모습은
보이지 않아도
볼 수 있습니다

주님
당신의 음성은
들리지 않아도
들을 수 있습니다

주님
말씀이 없으셔도
마음으로 알 수 있고
알아들을 수 있습니다

주님
저의 초라한 모습도
저의 가냘픈 신음소리도
저의 몸부림도 다 아시죠

오늘도 주님 의지할 뿐입니다

홀로 있는 시간

누구나 홀로 있는 시간이 필요합니다
여럿이 모여 수다 떠는 것도 좋지만
외딴섬이 되어보는 것도 좋습니다
나만의 시간이기 때문입니다

홀로 있는 시간은 재충전 시간입니다
홀로 있으면 생각을 정리할 수 있습니다
지나온 시간을 되돌아볼 수 있습니다
조용히 미래를 설계해 볼 수도 있습니다

홀로 있는 시간은 주님과 만나는 시간입니다
내 안의 모든 근심 걱정 내려놓고
상처받은 내 영혼을 치료받는 시간입니다
주님과 나의 관계를 조율하는 시간입니다

울릉도

멀고 먼 옛날 태곳적
그 언제인지 몰라도
동해바다 속으로 불쑥 솟아올라
한반도 동쪽에 자리잡은 울릉도

파도가 손 내밀어 사랑을 주고
비와 바람이 어루만지니
더 아름다운 걸작품으로 태어나
장엄한 광경을 연출하는구나!

검은 바위는 햇볕에 그을려
곱던 얼굴이 더 검게 변하고
검은 연기에 실은 인간의 욕망에
발가락이 하나, 둘 잘려나가고 있다

일천삼백 년 풍상을 겪어온 향나무는
자연을 그대로 두지 못하는 욕망들에게
서러운 침묵으로 책망한다
그냥 좀 내버려두라고

그대 생각

갈대숲으로 우거진 길을 걸으며
오래전 길 떠난 그대를 생각합니다
그대도 나만큼 아파하고 계시나요?
그대도 나만큼 그리워하고 계시나요?

하얀 찬 서리를 맞아 백발이 된
풀잎들이 실눈을 껌뻑거리며 말합니다
이 세상엔 무가치한 것은 없답니다
이 세상엔 무시해도 되는 것은 없답니다

눈 덮인 강가에 서 있는 나목 한 그루
소식 없는 그대를 기다리나 봅니다
그대를 향한 그리움도 욕심인지 모릅니다
그대를 향한 애태움도 사치인지 모릅니다

달랑게들의 일상

썰물로 빠져나간 서해안 바닷가
모래사장 지나 갯벌 세상은
콩알만 한 달랑게들의 삶의 터전입니다

땅속을 오가며 가슴 졸이며 삽니다
파도가 밀려오면 사라질지라도
모래알을 말아 올려 집을 짓습니다

또다시 파도가 밀려오면
모든 수고가 허사가 될 수 있지만
오늘도 집 짓는 일을 멈추지 않습니다

나무들에게 전하는 말

따스한 봄 햇살에
나무들도 기운을 차리고
눈 비비고 일어나
예쁜 아가 미소를 머금는다
수양버들도 제 모습을 찾아간다
소나무들도 곱게 화장한 모습이다

봄은 매화들만의 세상만이 아니다
봄은 산수유 세상만이 아니다
봄은 벚꽃 세상만이 아니다
이름 모를 나무들의 세상인 것이다
너희가 살아야 새들도 살고
너희가 살아야 벌레들도 살아간다

아직 이름조차 얻지 못한 나무들아
너희는 넉넉한 가슴으로
새들에게 품을 내어주고
삶의 터전이 되어주고 있구나
너희가 살아야 우리도 살 수 있단다
모쪼록 모두모두 건강해다오

우리는 너희에게 빚지며 살고 있구나!

바위에게 전하는 말

인생만 나이 먹는 게 아니다
나무가 나이를 먹는 것처럼
바위도 나이 먹으며 늙어간다
언젠가는 흙으로 돌아가는 것이다

멀고 먼 그 옛날에
용암이 으르렁거리던 시절
현무암을 번쩍 들어 올릴 때
네가 높이 솟아올랐을 그 장관을
그 누가 지켜보고 있었으랴!

비바람 눈보라에 깎이며
멋진 봉우리도 늙어간다
주상절리가 부서져 너덜*이 된 사연
그 세월의 흔적을 누가 다 알랴
태초의 모습을 아는 이 누구랴

화강암은 그 웅장함을 뽐내지만
기암괴석 명품도 너덜너덜해진다
화산섬 현무암조차 세월 지나면
검은 머리가 파뿌리 되어간다
너도 생로병사를 겪으며 살고 있구나

*너덜: 바위가 부서져 흘러내리는 현상

바람에게 전하는 말

생명을 살리는 숨결
잠든 영혼을 깨우는 손길

때로는 부드럽게
때로는 강하게 다가와
천래묘음(天來妙音)*을 들려준다

햇볕이 따스한 날에는
포근한 봄바람으로 다가오고

구름이 많은 날에는
시원한 바람으로 다가오는구나

한겨울 찬 바람으로 다가와
코끝을 스칠 때마다
살아있음에 감사드린다

늘 고맙구나 바람아!

*천래묘음: 하늘로부터 들리는 음성

하늘 풍경

석양 구름은
붉게 타오르며
산등성이에 걸쳐 있다

늘 돌고 도는 길이라
낯익은 풍경인데도
내 눈에 비친 그림은 늘 낯설다

해도 고단한 하루였던지
해넘이 마을을 지나
수평선 너머로 내려간다

동녘에 꾸물거리던
낮달은 우두커니 서서
밤이 오기를 기다리고 있다

어둠이 찾아들자
낮달은 하얀 등불을 켜고
고단한 나그네의 길을 밝혀준다

시를 기다리며

우리네 삶은 한 편의 드라마
건조한 땅이 이슬을 기다리듯
어부가 그물을 던져놓고 기다리듯
기나긴 기다림 속에서 만나는 연인
산골짜기에서 만난 찔레 향기

우리네 삶은 한 편의 시
스치는 바람이 싣고 오는 시심(詩心)
공허한 푸념, 의미 없는 넋두리까지도
몽유병자(夢遊病者)의 헛소리가 아니다
그것은 진리와 마주하는 관상기도다

우리네 삶은 욕망의 바벨탑 쌓기
더 가지려는 자들의 몸부림이지만
시는 마음이 가난한 이의 일용할 양식
가난한 영혼에게 내리는 하늘이슬

오늘도 한줄기 고요한 울림을 기다린다

시인, 당신은 누구입니까?

비에 흠뻑 젖은 꽃잎을 보면
마음이 한 근 더 무거워지고
풀벌레 울음소리를 들으면
애처로워 단잠을 이루지 못하는
시인, 당신은 누구입니까?

길가에 핀 키 작은 꽃봉오리를 보면
조마조마 가슴 졸이고
붉은 저녁노을 보며 눈물짓고
슬픈 역사의 흔적을 보며 애태우는
시인, 당신은 누구입니까?

남들은 하지 않아도 되는 일
부질없음을 알면서도 멈추지 못하고
스치는 바람의 향기에 미소 지으며
인간사 슬픔을 부둥켜안고 살아가는
시인, 당신은 누구입니까?

글쓰기

글쓰기란
의식과 무의식 속을 스치며
흘러가는 한순간의 상념을
잡아 올리는 낚시질이다

글쓰기란
복잡다난한 세상에서
달고 쓴 세상 인생 경험을
자기 스타일로 뱉어내는 것이다

글쓰기란
인생길을 뒤돌아 보면서
글로 가지런하게 정리하며
차근차근 살아가는 방식이다

2부

어느 인생의 깨달음

영원한 것은 없다

너도 나처럼
별 하나의 영원을 꿈꾸며
공든 탑을 쌓지만
이 세상 하늘 아래
영원한 것이 있을까?

먹고 마시고 즐거워하며
하루 그리고 또 하루의
포근한 행복을 꿈꾸지만
이 세상 어디를 봐도
영원한 것은 없다

이 땅에 모습을 드러내는 것들은
잠시 있다가 사라지는 것들뿐이다
시간 속에 변하고 바뀌고
낡고 썩고 녹슬고 벌레 먹고
깨어지고 부서지고 망가지고
곰팡이에 먹혀 사라져간다

인생이 가진 것들이 그러하고
인생들이 이루어 놓은 일들이 그렇다
그러기에 솔로몬은
헛되고 헛되다고 하지 않았던가?

세월

일 년이 나뉘어
하루가 생긴 것이 아니다
하루 또 하루가
일 년이 되는 것이다

너와 나 우리는
한해살이가 아니라
하루살이일 뿐이다

사람은 과연
과연 만물의 영장일까?

어른이 된다는 것은

아이들이 사랑받는 것은
아직 서툴고 미숙하지만
순수를 담고 있기 때문이리라

청소년들을 격려해야 하는 까닭은
보이지 않는 미래를 향해
성큼성큼 걸어가기 때문이리라

어르신들이 존경받아야 할 이유는
나이가 많다는 것 때문이 아니라
비바람을 헤쳐온 세월 때문이리라

어른도 서툴고 실수하고 넘어진다
경륜이 고집이 되면 처치 곤란이다
홀아비 냄새 풍기는 꼰대가 되고 만다

어른이 된다는 것은
다음 세대를 위해 기다려 줄도 알고
아량을 가진 사람이 되는 거다

자기 부족을 인정할 줄 모르는
우리는 밥값이나 하는 어른일까?

인간, 어쩔 수 없는 죄인이여

사람들은 제 모습을 담아두기 좋아한다
제 모습이 더 예쁘게 나오기를 기대한다
자기 잘난 맛에 살아가는 것이다
나르시시즘(narcissism)의 자아도취인 것이다

언제부터인가 스스로 왕이 되어
자기를 흠모하고 멋과 맛에 취하며
맛집을 찾아 감탄하며 점수 매기고
자기 즐거움에 흠뻑 빠져 살았던가?

거듭난 그리스도인이 되어도
인간의 본성은 쉽사리 변하지 않는다
자기 잘난 것은 잘 드러내지만
어두웠던 날들의 부끄러운 이야기를
감히 고백할 용기를 내지 못한다

오랜 세월 신앙생활을 했다고
하나님께 영광을 돌리는 것일까?
욕먹지 않고 사는 것만으로도 다행이다
하나님을 더 이상 괴롭히지는 말자

군중(群衆)을 피하셨던 예수
그분은 왜 그랬을까?

늙어간다는 것

늘 푸른 나무도 겨울을 견디며
나이테라는 세월의 증거를 남긴다
한 시절을 살다 가는 사람인들
어찌 세월을 속일 수 있으랴!
그러니 늙음을 너무 탓하지 말자
불로장생이 어디 있겠는가?

세상에 나온 순간부터 예외 없이
건강한 사람도 건강하지 못한 사람도
늙어가는 모습들은 서로 다를지라도
이마엔 주름지고 머리엔 서리 내리며
늙어가며 서서히 시들어가는 것이다
이 세상에 영원한 것이 어디 있겠는가?

꽃 같은 청춘시대를 지나고 나면
점점 빛이 바래가는 꽃잎처럼
보고 듣고 말하는 것이 둔해지고
생각하고 말하는 것이 어눌해지고
기억력도 총명도 점점 흐려진다
그토록 사랑했던 자식도 못 알아보고
꿈꾸며 살았던 자신이 누군지도 모른다

하지만, 늙어간다는 것은
기력이 열정을 따라주지 못해도
자기 빛깔의 열매를 맺어가는 것이다
좌우로 치우쳐 그릇되이 판단하지 않고
인생을 통째로 보는 눈이 생기는 것이다
청춘이여, 제아무리 바쁘더라도
인생 목적지를 생각하며 살기 바라네

장례식장을 다녀와서

인생에게 닥치는 일들은 항상
어느 날 갑자기 일어난다
인생은 하루를 사는 동안에도
무슨 일을 만날지 알지 못한다
그저 하루살이일 뿐이다

억수같이 비 내리던 날
사고로 남편을 잃고 과부가 된다
남의 몸을 탐하던 늑대를 피하다
꿈을 피워보지도 못하고 스러진다
흉기로 변한 차에 떨어진 낙엽이 된다
한 번뿐인 인생과 이별을 고한다

늘 곁에 있을 것 같은 사람들이
어느 날 시야(視野)에서 사라진다
수명을 다하고 가는 이도 있지만
사고와 질병으로 세상과 이별한다
젊다고 오래 사는 것도 아니요
나이 들었다고 일찍 가는 것도 아니다

늘, 숨 쉬며 살아있는 게 아니기에
생의 마지막을 준비해야 한다
오늘 벗은 신발을 내일 다시 신을지
누구도 장담할 수 없기 때문이다
내게 주어진 날들을 선물로 여기며
이해하고 용서하고 사랑하며 살자

죽음에 대한 묵상

늘 곁에 있을 것 같아도
어느 날 사라지는 것이 인생이다
잠깐 보이다가 사라지는 이슬
잠깐 보이다가 사라지는 안개
지구는 돌고 해는 떴다가 지고
구름은 떠도는 일을 멈추지 않을지라도

호흡이 끊어지고 심장박동이 멈춰
무대가 끝나면 희로애락도 안녕이다
죽음은 삶에서 떠남이요
늘 마주하던 것들과의 작별이다
육의 몸을 벗어버리는 것이다
돌아오지 못할 강을 건너는 것이다

세상에서의 수고를 그치는 것이다
질병과 고통과 슬픔과도 헤어짐이다
채워지지 않는 욕망의 마침표이다
소수의 기억 속에만 존재할 뿐
머잖아 이름조차 잊혀질 것이다
사랑을 나눌 기회조차 없어지는 것이다

그대와 나, 지금부터라도
주머니 사정에 너무 얽매이지 말자
믿음의 비밀을 간직한 자로 살자
자질구레하고 쓸모없는 것들을 버리자
관심과 집착을 버리고 마음을 비워보자
마음껏 나누고 베풀면서 살아보자

죽음 준비

살아있는 사람들의 관심사는
온통 살아가는 것에만 쏠려 있다

이제, 죽음도 스케줄에 포함시켜보자
영정사진도 찍고 유언장도 작성하고
살아온 날들의 자서전도 써보자

막연히 죽음을 기다리는 게 아니라
품위 있고 멋진 죽음을 위해
의미와 가치 있는 것들을 찾아보자

내 주변 소중한 사람들을 챙기며
용서하고 화해하고 격려하고
마음 비우고 떠날 채비를 해보자

지금 당장 할 일을 생각하며
남은 날 동안 해야 할 숙제들을
차근차근 풀어가며 마무리해보자

내가 없다고
지구가 멈추는 것 아니다
내가 없어도
지구는 잘 돌아갈 것이다

고상하게 늙어가는 법

나이가 들어가면서
눈이 잘 안 보이는 이유는
볼 것만 보고 살라는 것이고
귀가 잘 안 들리는 이유는
들어야 할 말만 들으라는 것이리라

이가 하나, 둘 빠지는 이유는
적게 먹고 살라는 것이고
걸음걸이가 자연스럽지 못한 이유는
매사에 조심하라는 것이리라

머리가 희어지는 이유는
늙어간다는 것을 알려주기 위함이고
기억이 깜빡거리는 이유는
좋은 기억만 추억하며 살라는 것이리라

가슴에 멍 자국 하나 없는 이 있을까?
걱정 근심 없는 집이 어디에 있을까?
그럭저럭 살아온 날들에 감사하자
남은 날들을 한없이 소중하게 살아보자

뇌경색

수명을 다하는 순간까지
누구나 건강하기를 소망하지만
어느 날엔가 찾아온 나쁜 손님
머리로 가는 혈관이 좁아지고
실핏줄이 막히는 날이 오면
피는 그 흐름을 멈추게 된다

세포가 하나 둘 죽어간다
눈은 점점 침침해지고
의식은 점점 흐릿해지고
늘 보던 물체가 겹쳐 보인다
점차 몸의 힘이 빠져나가고
뜨겁고 차가움도 느끼지 못한다

혀가 둔해져 말을 더듬는다
어지러움으로 몸을 가누지 못한다
이전과는 다른 일상이 시작된다
장애를 안고 살아가게 된다
노래도 제대로 부를 수 없다
내 몸이 내 말을 듣지 않는 것이다

당신의 뇌는 건강하신가요?

왜, 야곱의 자손들은

이집트 문명을 건설한
파라오들은 노예노동으로
먹고사는 문제를 해결해 나갔다
고센 땅에 기대어 살던
야곱의 자손들을 노예로 부렸다

찬란했던 고대 바벨론을
다시 세우고자 꿈꾸었던
느브갓네살은 거대한 도시건설에
유다에서 끌고 온
야곱의 자손들을 노예로 부렸다

포악한 앗수르 제국은
힘이 약한 민족을 여지없이 짓밟았다
불태우고 짓밟으며 잔인하게 죽이고
야곱 자손들의 것을 빼앗고 망가뜨렸다

로마는 잔인함의 극치를 보여주며
예루살렘 다윗성을 폐허로 만들었다
히브리 노예로 콜로세움을 세웠다
왜, 야곱의 자손들은
그토록 고난을 겪는 민족이 되었을까?

현대철학자들에게

현대철학자들이여
그대들은 어디를 향해 가고 있는가?
니체여, 신은 죽은 걸 보았는가?
인간이 신이 되었으니
진리가 무슨 소용이 있겠는가?
죽으면 만사가 끝이니
아모르파티(Amor fati)
너의 운명을 사랑하라 했는가?

먹고 노는 즐거움
의미 없는 대화
에피쿠로스여, 디오니소스여
인생은 본래 무의미하고 부질없으니
세상만사 될 대로 되라 제쳐두고
살고 싶은 대로 살라 하셨는가?
아타락시아(Ataraxia)!
그대들이 말하는 즐거움을 찾아서
오늘도 인생들은 이리저리 헤매고 있다

향락에 빠져 살았던
노아 때의 시대사조(時代思潮)
시집가고 장가가고 사고팔고
소돔과 고모라의 뒤엉킨 성문화
고대 신전의 성스러움을 가장한 타락상
그때나 이때나 조물주를 떠나
제 고집대로 살기를 추구하는 인생들이다

인간은, 인본주의 깃발을 들고
애써 고상한 척은 다 해도
불륜과 폭력에도 희희낙락하며
향락주의와 유물주의 늪에서 헤매는
고삐 풀린 망아지일 뿐이다
욕망의 늪에서 허우적거리는 인생이여
고대 로마의 폼페이를 기억해다오
소돔과 고모라를 잊지 말아다오

제논과 에피쿠로스

키프로스의 제논(Zenon)은
자연의 질서를 신의 섭리로 보았다
돌고 도는 자연법칙의 원리
윤회의 수레바퀴는 돌고 도니
그것을 로고스(Logos)로 보았도다
그대는 인과법칙에 몰두한 숙명론자
변화무쌍한 자연 만물을 신으로 여겼도다
세상의 이치가 그러하다 믿는 자 많도다

금욕주의자 에피쿠로스(Epicurus)는
욕망을 끊고 집착에서 벗어나면
자유를 얻을 수 있다고 생각했다
현실적인 깨달음과 지혜를 얻고자
로마 황제 네로의 스승 세네카도
마르쿠스 아우렐리우스도
그대를 스승으로 모셨도다
과연, 자유는 그렇게 얻어지는 것일까?
그대는 참 자유를 누리며 살았는가

숙명론자도 금욕주의자도
물질세계 너머 다른 세상
초월적인 것들에 무관심하며
범신론자로, 유물론자로 살았다
행복의 길을 찾고 찾았던 그대들이여
과연 그대들은 이 땅에 와서
행복하게 잘 살다 가셨는가?
산 자들에게 더 이상 할 말은 없는가?

3부

멈춤 그리고 뒤돌아봄

미안하다 내 인생아

왜 이 모양인가?
한심한 인생이라 꾸짖으며
뭐 그리 바쁘다고
다그치며 살아온 세월이었다

세상에 분노하고
원망도 하며 살았다
이루어 놓은 것 없지만
용케 잘 버티며 살아 낸 세월이었다

세월 앞에 장사 없다고
예전 같지 않은 몸이다
자신감은 점점 작아지고
약을 친구삼아 살아가는 세월이다

인생의 종점에 이르도록
너를 아껴주어야지
너를 도와주어야지
참 수고가 많았구나!
미안하다, 내 인생아!

빛바랜 가족사진

숨 가쁘게 살아온 일상
이제 뒤돌아볼 시간이다
오래된 앨범을 꺼내 펼쳐본다

빛바랜 가족사진은
내가 하늘에서 떨어진 것도 아니고
땅에서 솟아난 것도 아니라고 가르쳐 준다

내게도 예전엔
듬직한 부모형제가 있었다
이제, 부모도 떠나고 형제도 떠났다

사랑하는 형제들아!
우리가 서로 화목하자
우리가 서로 사랑하자

나의 일생

어린 시절은
비록 배고픈 시절이었지만
해 저무는 줄 모르고
친구들과 노는 재미가 있었다

청춘 시절은
비록 낯선 타향살이였지만
걱정해 주는 목소리에
위로와 격려를 받으며 살았다

중년 시절은
비록 멋진 부모는 아니었지만
자식 걱정할 틈도 없이
사명에 미친 듯 살았다

노년 시절은
또 다른 도전에 맞서있다
그럭저럭 여기까지 왔지만
해야 할 숙제를 남겨놓고 있다

순식간에 지나가는 세월에
자랑할 게 무엇이 있으랴!
해가 저물고 새해가 되니
나이 한 살 더 먹게 될 뿐이다

서울살이

서울의 달을 보기 위해서
서울로- 서울로-
이쁜이도 금순이도
단봇짐을 싸 들고 올라왔어도
이제는 내려갈 때가 되지 않았을까?

인정머리 없는 사람들 틈에서
아귀다툼에 맞서야 살 수 있었다
큰소리치는 사람이 제일인 줄 알았다
모사꾼들은 독버섯처럼 피어나고
십자가 밑에도 숨어 있었다

쓰라린 아픔과 눈물로 모은 것들이
좌우 가릴 것 없이 한탕을 노리며
긁어모으는 자들의 것이 되고 있는데도
남의 슬픔에도 눈 가리고 귀를 막는다
우리는 그냥 이대로 살아도 될까?

하늘을 향해 치솟는 빌딩숲 사이
욕망의 그늘에 마로니에는 시들어 가고
도시는 점점 공해에 찌들어가는데
현란한 네온에 앙칼진 웃음들이 흐른다
길고양이들의 슬픈 눈길이 애처롭다

내게 있는 것들

주님께서
남들보다
더 지혜를 주신 것은
다른 사람을 인도하라는 뜻이겠지요

주님께서
남들보다
더 물질을 주신 것은
다른 사람을 잘 섬기라는 뜻이겠지요

주님께서
남들보다
더 나은 은사를 주신 것은
섬김의 도리를 다하라는 뜻이겠지요

주님께서
내게 주신 소중한 것들을
하나하나 헤아려 알게 하시고
나누고 베풀며 살게 하소서

한사랑이란 이름으로

우리 부부가 사역한 교회는
은혜교회에서 시작하여
큰사랑 교회에서 와부장로교회로
그리고 한사랑 교회가 되었다

사역을 하면서 공부도 하고
사역을 하면서 아이들을 돌보고
사역을 하면서 농사도 짓고
시도 쓰고 스무 권의 책도 쓰고
사역을 하면서 어르신들을 돌보았다

60대 후반의 나이에 뒤돌아보니
30대, 40대, 50대는
희로애락을 남기고 과거로 흘러갔다
자녀들이 40 안팎이니 40년이 지나고
1980년 사역을 시작한 때로부터
45년이 흘러갔다

이 세상 기준으로 보면
쉽지 않은 인생길이었다
사람을 끌어모으는 재주도 없고
커다란 예배당 건축도 해보지 못했다
나를 사랑하시는 우리 주님은
훗날에 나에게 무어라 말씀하실까?

2023년 7월에

눈물 뿌리며 고향 떠난 날
고향에는 형님 한 분만 남아 있다
내 나이도 70을 향해 가고 있다
중년에서 노년으로 향하고 있다

삶의 현장에서 고군분투하는
부요한 자에게나 가난한 자에게
뜨겁도록 햇살을 보내주던 해는
더위를 식히며 서산마루에 걸려 있다

수많은 산을 넘고 골짜기 지나
나 오늘 여기에서
이렇게 살고 있다
모든 순간이 은혜였다

그리고 앞으로 살아갈 날들도
그 은혜 속에서 살리라
천 번, 만 번을 생각해도
모두 모두 감사뿐이다

*1970년 고향을 떠나온 날을 생각하며

지금이 기회랍니다

그리운 사람이 생각나세요?
지금 전화를 걸어보세요
고맙다고 사랑한다고 말해보세요
기회는 늘 곁에 있지 않습니다

용서를 구할 사람이 생각나세요?
지금 문자를 보내보세요
미안하다고 죄송하다고 말해보세요
기회는 늘 찾아오지 않습니다

만나야 할 사람이 있나요?
지금 출발해 보세요
보고 싶다고 기다려달라고 말해보세요
기회는 돌아오지 않습니다

서로 만날 수 있는 기회
서로 화해할 수 있는 기회
서로 마음을 나눌 수 있는 기회
바로 지금이 마지막 기회일 것입니다

사랑어린이집의 추억

감일동에서 감북동으로
감북동에서 신장동으로
신장동에서 천현동으로

비닐하우스에서 단독주택으로
단독주택에서 상가 지하로
상가 지하에서 상가 2층으로

목회환경은 변해도 열정을 갖고
호산나어린이집이란 이름으로
사랑어린이집이란 이름으로
아이들을 돌보며 인생을 살았다

1997년, IMF 날벼락을 맞아
눈물을 흘리며 팔당대교를 넘었다
신월동, 먼 길을 오가며
운전대를 잡고 흐느꼈다

지구 일곱 바퀴를 돌고 반을 더 돌도록
아이들을 돌보며 복음 심어주고
피어나는 꽃들에게 사진 담아주고
눈물로 기도하며 보낸 세월이었다

우리 부부는 그렇게 살았다

꿈을 찾는 그대에게

꿈을 찾는 것은 보물찾기입니다
꿈을 찾는 것은 숨은그림찾기입니다

누구나 꿈을 그릴 수 있지만
누구나 꿈을 찾아 나서지만
누구나 꿈을 이루지는 못합니다
실패의 고개를 넘어야 하고
험한 골짜기를 지나야 합니다

기다림만으로 만날 수 없습니다
생각만으로 이룰 수 없습니다
눈물과 땀과 수고를 뿌려야 합니다
애정과 열정을 쏟아부어야 합니다
기도를 멈추지 말아야 합니다

이정표 없는 들판에 서 있을지라도
내 눈길 닿는 곳에서
내 손길 닿을 수 있는 곳에서
미소 지으며 기다리고 있을 것입니다
늘 그 자리에 있지는 않습니다
때론 변장하고 나타나기 때문입니다

돌아오라

지구가 뜨거워지고 있다
빙하가 녹아내리고 있다
해수면은 점점 높아지고 있다
작은 섬들이 점점 사라지고 있다

광야가 홍수로 범람하고
아마존의 강바닥이 드러나고 있다
폭염은 대륙에 불을 지르고
온 산을 태울 기세로 덤비고 있다

종말을 재촉하는 지구촌은
전쟁의 포성이 그치지 않고 있다
지구가 몸살을 앓고 있고
북극의 빙하는 눈물 되어 흐른다

하나님을 떠난 인생들의 바벨탑이
모래성처럼 허물어지고 있다
돌아오라, 돌아오라!
하나님을 떠난 인생들이여!

인생이 가는 길 1

잘 되기를 꿈꾸고 기대한다
형통한 날들이기를 바란다
꽤나 먼 거리를 돌고 돌아
여기까지 왔지만
다람쥐 쳇바퀴 같은 인생이다

내 인생에 끼어든 불청객은
우리의 편안함을 빼앗아 간다
무기력의 늪으로 가라앉게 한다
고통이 주는 쓴맛을 참으며
슬픔이 주는 아픔을 견뎌 나간다

인생이 지옥처럼 느껴질 때는
하나님 앞에 다가설 시간이다
때때로 못된 불청객이 찾아와도
인생은 고난 속에 피어나는
아름다운 꽃이 아니겠는가?

조금 더
조용히 주님의 도우심을 기다려보자

인생이 가는 길 2

늘 평탄한 일상을 원하나
시련은 예고 없이 찾아온다
검은 구름이 다가오는 날이면
우리는 기도의 동굴을 찾아야 한다
비바람을 피할 반석을 찾아야 한다

늘 아무런 일이 없기를 바라나
어두움은 밤안개처럼 다가온다
밤안개는 밀물처럼 다가온다
어두움은 사방을 분간할 수 없게 한다
어두움이 사라질 때까지
엎드려 기도하며 기다려야 한다

인생의 바다는 늘 고요하지 않다
때론 거친 광야 길을 통과해야 한다
고난 풍파 많은 세상이라지만
선한 싸움을 멈출 수가 없다
여기서 이대로 쓰러질 수 없다
우리는 악이 넘실대는 바다를 건너야 한다

요즘 세상

하늘을 찌를 듯 왕성하게
과학은 바벨탑을 쌓아 올리고 있다
편리함을 주어도 행복을 주지 못한다

경제가 나아지기를 소망하지만
기대와 환상을 깨고 곤두박질이다
그래서 옛날이 좋았다고들 한다

이웃과 더불어 살았던 삶은
머나먼 옛날이야기가 되고
자기 하나 살기에 바쁘다

사람들은 고립된 섬에 사는
외톨이가 되어가고 있다
이웃에게 아무 관심도 없다

정보는 바닷물처럼 넘쳐나지만
감동을 주는 사연은 찾을 길 없다
부고 소식은 하루도 빠짐이 없다

이웃이 살았는지 죽었는지도 모른다
언제부터 이렇게 되었나?
우리는 과연 어떻게 살아야 할까?

홀로 있는 시간 2

나는 혼자가 좋다
무리를 떠나 홀로 있음은
회피일까 은둔일까
고독일까 외로움일까
지극히 단조로운 삶은
할 일 없는 사람들의 일상일까?

부대끼며 살다보니
이리저리 상처받을 일들뿐이다
부질없는 신세 한탄 들어주어야 하고
쓸모없는 이야기들과 섞이게 된다
스쳐가는 인연들과 얽히기보다
새소리 물소리가 더 낫지 않을까?

혼자 사는 법을 배우자
어차피 인생은 홀로 가는 길
고독이 주는 위로와 평화를 맛보며
싱그러운 자연의 품에 안겨보자
지친 나를 꼭 껴안아주자

회상

그때는 몰랐지만
미처 생각할 수도 없었지만
그때 그 시절이 좋았다
배부르게 할 것도 없었고
늘 가난을 뒤집어쓰고 살았어도
꿈꾸며 살 수 있어서 좋았다

철없던 시절이 좋았다
영원히 철부지였으면 좋았을걸
어른이 되고 여유가 좀 생겼어도
그 시절이 자꾸 그리워지는 것은
순수했던 날들의 설렘 때문일까?

그 옛날 금잔디 동산의 추억이야
누구의 가슴엔들 없겠냐마는
그 시절에 남은 아쉬움들은
다 채우지 못한 일기장만이 아니다
과거 여행을 하는 날이면
금잔디 동산의 추억이 있어 좋다

과거로의 여행

돌아갈 수는 없지만
옛 시절로 시간여행을 한다
좀 더 참았더라면
좀 더 당당했더라면
좀 더 자신감이 있었더라면

옛날의 추억들이 유리창에 비친다
추억은 옛 노래를 싣고 온다
물거품처럼 왔다가 사라진다
빛바랜 추억으로는
다시 성(城)을 쌓을 수 없다

더 이상 어쩔 수 없었던
풀리지 않는 실타래를 만지며
지금 여기에 서 있는 나는
부끄럽지 않게 살았을까?
과연 제대로 된 인생일까?

이제 남은 일

앞만 보고 달리던 인생이었다
열심히 일하며 살아왔다
내 맘과 생각대로 된 일은 없었다
그래서 다행인지도 모른다

생각대로 살아온 길이 아니다
고된 여정을 지나왔어도 후회는 없다
아직 넘어지지 않고 버티는 중이다
참 다행인지도 모른다

오직 하늘만 바라보며 살아야 했다
가야 할 길이라 여기며 살아야 했다
해야 할 일이라 여기며 달려야 했다
그래서 다행인지도 모른다

나머지 인생은 어떤 빛깔일까?
허리 굽은 백발노인이 되어도
사랑 한 스푼 얹어주며 살자
사랑 하나만은 잃지 말고 살자

실패가 주는 유익

성공의 기쁨은 한순간이라도
실패의 교훈은 평생이다
그 쓰디쓴 맛을 누가 알랴마는
나만 실패하는 것 아니다

실패는 성찰의 기회다
지나온 흔적을 되돌아보게 한다
깨달음과 지혜를 선물로 준다
내면 깊숙한 곳까지 살피게 한다

성공이란 작은 실패들이 모여
쌓아 올린 성(城)
실패의 쓴잔을 마실 때
보듬고 감싸준 손길을 잊지 말자

누가 너의 실패에 슬퍼해 줄까?
누가 너의 성공을 축하해 줄까?
함께 울어줄 수 있고
박수하며 축하해 주는 사람이기를…

사람과 사람은

사람과 사람은
만나서 웃고 덕담을 나누고
위로받고 용기를 얻는다
좋은 만남을 갈망하며 살아간다
좋은 만남에는
기쁨과 설렘과 감동이 있고
향기로운 여운이 있기 때문이다

사람과 사람끼리
얼굴 보는 것이 불편한 사람은
만나지 말아야 한다
아마, 무소식이 희소식일 것이다
아쉬움은 남아 있을지라도
만나지 않는 게 더 나을지도 모른다

그대 슬픈 사연일랑
가슴에 묻어 버리자
세월에 맡겨 버리자
기억에서 다 사라지는 날까지
그리움으로 남아있을지라도
로빈슨 크루소의 일생을 살아보자

멋진 인생을 위하여

사람 사는 풍경을 보자
나이 들어도 달라질 게 없다
내가 영웅이고 주인공이다
죄와 허물은 깊이 감추고
찌질함을 드러내려고 애쓴다

온통 자기 생각으로 가득하다
자기 즐거움을 위해 살면서도
자기의 그럴듯한 변명을 내세운다
타인을 헤아릴 겨를이 없다
한낱 허망한 욕망의 몸짓이다

내 생각과 네 생각은 다르다
너는 네가 옳고 나는 내가 옳다
관점이 다르고 해석이 다르다
서로 다름을 인정하는 것
그것이 공감 아닐까?

선물로 받은 오늘 하루도
십자가 지고 따르기를 기도한다

용서

극한 직업보다 더 어려운 일
무거운 짐보다 더 무거운 짐
부르기 어려운 노래
그것이 용서가 아닐까?
응어리와 앙금을 이제 털어내 보자

나에게 돌을 던졌다고
나에게 상처를 주었다고
나에게 손해를 주었다고
나에게 고통을 주었다고
복수를 꿈꾸는 것은 어리석은 일

나 자신을 뒤돌아본다
나도 실수한 적이 있고
나도 거짓말한 적이 있고
나도 잘못한 것이 있지 않았던가?
이제 용서하고 마음의 짐을 내려놓자

나도 용서받았으니
나도 용서하고 살자
그것이 나를 살리는 길
나를 용서하신 하나님!
나도, 용서받은 죄인 아닌가?

떠나간 우정

기차는
종착역을 향하지만
크고 작은 역을 지나며
내리는 사람이 있고
타는 사람이 있다
오고 가는 사람들 중에
종착역까지 함께 가는 사람
얼마나 있을까?

영원한 우정은 없다
우정도 유통기한이 있어
거센 바람이 부는 날이면
무엇이 진짜인지를 알게 되리라
너도 나만큼 사랑했을까?
이제 내 마음에서
너를 멀리 떠나보낸다

네 인생에서 내가 지워져도
밥 먹고 커피를 찾으며
부모 노릇 하느라 애쓰면서
여기저기 얼굴도 내밀고
나름 잘난 체도 하면서
밥값 하면서 살고 있겠지

기억

지나간 일들은
저장된 기억 속에 남는다
모든 것을 기억하는 것은 아니다
시시콜콜 다 기억해서 무엇하랴?

끊긴 필름처럼
어떤 것은 까맣게 잊어버리고 살자
하얀 눈처럼
어떤 것은 하얗게 잊어버리고 살자

사람은
기억하고 싶은 것만 기억하며 산다
그 이유는 나도 모른다
그래야 살 수 있기 때문일 것이다

이런 사람 있나요?

좋은 일이 생기면
먼저 알려주고 싶은 사람

내 목소리를 들으면
진정으로 기뻐해 줄 사람

좋은 음식을 마주하면
함께 나누고 싶은 사람

활짝 핀 개나리를 보면
너무나 보고 싶은 사람

여름날 폭풍우 몰아치면
안부가 궁금해지는 사람

환절기 가을바람이 불면
건강이 염려되는 사람

물가 치솟고 있는 불경기에도
잘 버티는지 묻고 싶은 사람

기도 부탁하지 않더라도
기도해 주는 사람

새는 두 날개로 난다

사람들은
좋아하고 싫어하고
편 가르고 구별 짓고 차별한다
적대시한다

나와 너
동과 서 남과 북
오른쪽과 왼쪽
자국인과 이방인

자기 생각
자기 말을 앞세운다
자기 행동을 돌아보지 않는다

공존과 균형을 생각 못 하고
먼 훗날에야 깨닫고 나서
모두 다 부질없음을 탄식한다

새는 두 날개로 난다

가을 풍경

황금벌판 가을 논에
벼 이삭이 가지런히 익어가면
농부의 마음도 풍성해져 간다

서늘한 가을 마파람에
대숲에서 들려주는 교향악에
갈대들은 흔들흔들 즐겁게 춤춘다

가을비 추적추적 내리면
처마 끝 낙숫물 소리는
변화무쌍한 불협화음을 만들어 낸다

파아란 가을하늘은
끝없이 높이 떠오르고 있지만
머잖아 겨울이 올 것을 말해준다

그대가 그립습니다

벌써 그대가 그립습니다
그립고 그립고 그립습니다
그대가 남기신 말 한마디
그대가 보내주신 미소가
어린아이 얼굴처럼 떠오릅니다

떠나셨다고 생각되지 않은 이유는
마음을 시원하게 하고
영혼을 밝히는 시향이 남아있고
그대 글의 온기(溫氣)가
아직 따스하게 남아있기 때문입니다

하늘 집으로 먼저 가신 그대는
아브라함의 길을 따라
부르심을 따라 살기 원하며
선지자의 길을 갔습니다
추위를 견디고 버티면서
별을 기다리는 동방박사처럼
믿음의 길을 걸어갔습니다

오직 말씀의 길을 따라
성령의 인도를 갈망하며
영혼의 안테나에 귀 기울이며
사명자의 길을 갔습니다
부름 받은 자의 삶과 길은
은총과 위로를 맛보는 삶이지만
고단하고 힘든 길이었을 것입니다
그동안 수고하셨습니다

*2023년 고환규 목사님을 보내며

인생 열차

목적지가 가까워지니
무섭게 달리던 열차는
서서히 속도를 늦춘다

인생도 달린다
목적지를 향해
너와 난 어디쯤 와 있는 걸까?

되돌아갈 수도 없고
되돌아간들 뾰족한 수도 없다
여기까지 왔는데 어쩌란 말이냐!

스치는 차창 밖 풍경이
우리네 인생사 아니겠는가?
무사한 것만으로도 감사할 일

승객 여러분!
목적지에 도착할 시간입니다
잊어버린 물건은 없는지 살피시고
내리실 준비 하시길 바랍니다

4부

너는 평지가 되리라

[찬송시] 너는 평지가 되리라

큰 산아 네가 무엇이더냐
너는 평지가 되리라
내 모습 더러운 옷 입은 자 같고
그을린 장작개비 같을지라도
주님의 은총이 임하시면~
주님의 성령이 임하시면~
반드시 그렇게 되리라

큰 산아 네가 무엇이더냐
너는 평지가 되리라
내 비록 질병 고통에 시달리고
역경이 가로막고 있을지라도
주님의 은총이 임하시면~
주님의 성령이 임하시면~
반드시 그렇게 되리라

(후렴) 이는 힘으로 되지 아니하고
능으로 되지 아니하고
오직 성령으로 되게 하시리라
오직 성령으로 이루시리라 아멘

[찬송시] 주 은혜

주 은혜가 나를 찾으시고
주 은혜가 나를 만나주시고
주 은혜가 나를 살리시네

하루하루 순간순간
외로운 마음 어루만지시고
위로와 평강주시네

하루하루 순간순간
가야 할 길을 가게 하시고
늘 함께하심을 나는 믿네

주 은혜가 나를 찾으시고
주 은혜가 나를 만나주시고
주 은혜가 나를 살게 하시네

[찬송시] 감사합니다

매일 해 뜨고 달 지듯이
맑고 화창한 날 스치는 바람도
따스하게 비치는 햇살까지도
당연한 줄 알았습니다

그러나 주여
천둥 번개 벼락이 내려치고
검은 폭풍우 몰려올 때에 비로소
당연함이 아닌 것을 알았습니다

봄날에 꽃피고 여름날 열매 맺어
가을날 거두게 하시는 하나님
주 은혜 감사합니다
주 은혜 감사합니다

(후렴) 주여 나를 평강으로 인도하시고
복 있는 자의 길을 가게 하소서
모든 일에 늘 감사합니다

[찬송시] 주님 감사합니다

공중 나는 새 먹이시고
들에 백합화 입히시는 하나님
나를 귀히 보시고 말씀하시고
염려 말라 하시니 감사합니다

씨 뿌리니 싹이 나게 하시고
열매 맺어 거두게 하시는 하나님
내 너를 도우리라 말씀하시고
피난처가 되시니 감사합니다

(후렴) 오! 주님 감사합니다
날마다 주님 감사합니다
때마다 일마다 늘 감사합니다
내 인생 독수리같이 날게 하소서

천국은 그 어디에

천국은 그 어디에 있을까요?

슬픔과 눈물이 없는 곳
황금보석 길 열두 진주 문
아름답게 장식된 거룩한 성은
과연 어디에 있을까요?

무더운 여름날에는
에어컨 바람이 있는 곳
그곳이 천국인 듯 느껴집니다
맛있는 음식이
넘쳐나는 잔치 자리에 가면
그곳이 천국인 듯 생각됩니다

주님의 눈으로 바라봐 주는 곳
주님의 마음으로 품어주는 곳
그곳이 천국임을 나는 믿습니다

성탄

하나님은 보내셨고
예수는 이 세상에 오셨다

자기 땅에
생명의 빛으로
말씀이 육신을 입고 오신
사람이 되신 예수!

어둠을 밝히고
죄인을 살리려
자기 땅에
구주로 오신 예수!

그를 알아보는 자
천사에게 소식 들은 목자들
동방에서 별 따라온 사람들

이제 우리는
마음 문 열고
영접하기만 하면 된다
자네, 예수를 영접하길 바라네

기다리는 마음 1

곤혹스러운 마음 하나
추스르기 힘겨워도
기다리고 기다립니다
겨울 가면
봄은 다시 올 테니까요

얼음장 밑으로 물 흐르듯
한 줄기 남풍 불 때면
언 땅은 녹고 새싹은 돋아나리니
다시, 허리춤 동여매고
기다리며 기도합니다

주여,
당신의 침묵이 길수록
답답한 마음 가눌 길 없지만
당신의 때를 기다리며
응답을 믿고 기도합니다

기다리는 마음 2

한때는 메뚜기처럼 느꼈습니다
기골이 장대한 가나안 병사로 인해
만군의 여호와 하나님이여!
가나안 입성을 앞둔 당신의 백성들처럼
당신의 임재와 손길을 기다립니다

두려워 떠는 백성들의 아우성 소리
불레셋 마차 소리에 소름이 돋는데
왜 하나님이 돕지 아니하실까요?
주여, 만군의 여호와의 이름으로 나아가
골리앗을 물리친 다윗이게 하소서

물러설 길 없는 막다른 골목에 서서
살아계신 하나님을 의지합니다
은총과 도우심을 간절히 기다립니다
기드온의 결단과 용기를 내게 주소서
여호수아처럼 강하고 담대하게 하소서

마침내, 여리고 성이 무너지게 하소서!

고난이 주는 교훈

누구나 꽃길만 걷기 원한다
고통을 원하는 사람은 없을 것이다
욥에게도 어느 날 고난이 찾아왔다
정직하고 성결한 삶을 추구하며
악을 멀리하며 정직하게 살았는데
가난한 사람들을 돌보기도 했는데…

스바 사람들, 갈대아 사람들이 찾아와
종들을 죽이고 가축들을 약탈하고
사랑스런 아들 일곱, 딸 셋은
폭풍으로 집이 무너져 죽고
온몸에 번진 피부병으로 인해
기왓장으로 긁어가며 견디는 중인데도
아내는 하나님을 욕하고 죽으라고 저주한다

때때로 만물의 영장임을 내세우지만
의로움과 진실을 내세워 보기도 하지만
욥에게 어느 날 갑자기 찾아온
상상을 초월한 재난과 질병과 사고들은
인간 욥을 한없이 작아지게 했다
인간 욥을 한없이 초라하게 했다

인과응보란 말은 정답이 아니다
다만, 인간의 한계와 무지를 깨닫고
하나님 앞에 납작 엎드릴 수밖에 없다
해답은 그것이었다
주여, 나는 죄인이로소이다
주여, 나를 불쌍히 여기소서!

감사, 그것은

감사, 그것은
도(道)를 발견한 사람들의 감탄사
사랑을 깨달은 사람들의 심장 박동 소리
주님을 만난 사람들의 드라마
고난을 통과한 사람들의 인생 고백
역경을 이겨낸 사람들의 노래

감사, 그것은
가을 나무에 맺힌 탐스런 열매들의 자태
가을날 들길에 풍겨나는 들국화 향기
해 질 녘 서쪽 하늘을 붉게 물들인 저녁놀
불가능을 가능으로 바꾸는 기적
희망을 만드는 특효약

감사, 그것은
환경을 초월한 소망의 노래
부정을 긍정으로 바꾸는 대전환
어두움을 광명으로 바꾸는 새벽
시련의 강 너머 승리의 깃발
은혜를 아는 사람들의 인격 향기

감사, 그것은
하나님의 보좌를 보는 눈
생명의 말씀을 듣는 귀
가슴에서 흘러나오는 생명수
참되고 성숙한 신앙의 척도
은혜를 기억하는 사람의 기적의 씨앗

일에 대한 묵상

하나님은 일하시는 하나님이십니다
창조와 구원과 섭리가 다 일입니다
보라 내가 새 일을 행하리라 하셨습니다

"일하기 싫거든 먹지도 말라"
노동의 참된 가치를 알아야
사람 노릇 제대로 할 수 있습니다
인생의 참맛을 알 수 있습니다

일은 천한 것이 아닙니다
일은 직분이며 소명입니다
일은 하나님의 은사입니다
일은 축복입니다
일은 세상을 위한 봉사입니다
일은 하나님의 뜻을 받드는 것입니다

거두는 기쁨을 원한다면
뿌리고 가꾸는 수고가 있어야 합니다

나는 보았소

나는 보았소
한 번도 다른 나라를
침략해 본 경험이 없는
착한 나라 착한 사람들을

나는 보았소
가난해도 행복한 사람들을
가진 것 없어도 만족할 줄 알고
보잘것없는 것도 감사할 줄 아는
너무나 착한 그리스도인들을

나는 보았소
비천한 삶을 벗어나지 못하고
끼니를 걱정하며 살지언정
마음을 나누고 정을 나누며
주님을 찬양하는 그리스도인들을

선물을 들고 찾아갔으나
도리어 은혜를 받고 돌아옵니다
오히려 배울 것이 많았소
고맙고 고맙고 고맙습니다

*필리핀선교를 다녀와서(2023. 4. 15)

천연기념물

삶의 터전을 빼앗긴
바다와 숲속의 동물들이
가야 할 길을 잃었다

인간은 그럴듯하게
천연기념물이란 왕관을 주어도
그들은 돌아오지 않는다

울릉도를 터 잡아 살던 강치가
흔적도 없이 사라지더니
꿀벌들도 사라지고 있다

인간을 먹여 살린 물고기들도
인간의 탐욕과 욕망의 그물에 걸려
점점 그 씨가 말라가고 있다

만물의 탄식 소리를
우리는 듣고 있는가?

겸손

어부의 겸손은
바다가 내어준 만큼만

농부의 겸손은
하늘이 내어준 만큼만

학생의 겸손은
열심히 공부한 만큼만

목회자의 겸손은
주님께서 허락하신 만큼만

"욕심이 잉태한즉 죄를 낳고
죄가 장성한즉 사망을 낳느니라"

우리는 왜

다문화 사회라지만
우리는 우리와 다른 사람들을
곱게 봐주지 못할까?

피부색이 다르고
이목구비가 다르고
옷차림이 달라도
그냥 사람일 뿐인데
얕보고 깔본다

소 닭 보듯 하고
양반이 상놈 취급하듯 한다
파란 눈의 프란체스카는
어쩌다 오스트리아에서 태어났을 뿐
스스로를 한국사람이라고 했단다

우리는 왜 다가서지 못하고
왜 마음을 열지 못할까?
오랑캐들에게 너무 당해서일까?
대원군의 DNA를 물려받아서일까?

어른들은 모른다

한 아이가 울었다
엉~ 엉~ 엉~ 엉~
어린 사슴의 눈망울에 이슬이 맺혔다
그 이유가 무얼까?
그 이유를 어찌 다 알겠는가?
아마, 어른들의 하는 짓이 한심하고
기가 막히고 어이가 없어서 울었을 것이다
아이가 우는 이유를
다 큰 어른들은 알지 못한다

한 아이가 웃었다
하~ 하~ 하~ 하~
그냥 웃고 싶어서 웃었을 것이다
그 이유가 무얼까?
그 이유를 어찌 다 알겠는가?
아이가 우는 이유를
다 큰 어른들은 알지 못한다

너는 아이가 우는 이유를 아느냐?
너는 아이가 웃는 이유를 아느냐?

기도의 눈물

하나님은 우리를 울게 하신다
눈물의 기도를 마다하지 않으신다
오늘도 슬픈 자화상으로
답답함에 울고 서러움에 운다

너무도 크신 하나님이시지만
아픈 가슴으로 하소연하는
작은 자들의 신음 소리를 들으신다
작은 눈물방울도 귀히 보신다

그리고 언젠가 때가 되면
슬픔이 변하여 춤이 되게 하시고
기쁨으로 곡식단을 거두게 하신다
그 옛날 사라처럼 미소 짓게 하시리라

촉촉한 기도의 눈물은
간구와 소원의 제물이다
인도하심을 구하는 기도 소리는
애간장을 녹이는 헌신이다

이 시간에도 그분 앞에 엎드린다
마음속 깊은 곳에서 퍼 올린
눈물의 기도를 올려드린다
오늘도 눈물샘은 마르지 않는다

사기꾼

사기꾼도 때가 되면 배고프다
사기꾼도 고상한 인생을 꿈꾼다
사기꾼도 예쁜 꽃을 좋아한다
사기꾼도 자식을 사랑할 줄 알고
사기꾼도 부모를 위할 줄 안다

가슴에 이름표를 달고 다니는
사기꾼은 아무도 없다
생김새나 차림새를 봐서도 알 수 없다
보통 사람과 다를 바 없기 때문이다
자기를 속이며 사기꾼임을 감춘다

수단 방법을 가리지 않는다
악을 뿌리고 선한 열매를 기대한다
끝없는 욕망을 추구하지만
늘 제자리에 머물러 있을 뿐이다
자신의 지능과 능력을 신뢰하지만
어둠 속 바퀴벌레 인생을 살아간다

양심의 소리에 귀를 막고 산다
죄의식을 버리고 거짓말을 밥 먹듯 한다
제 뜻대로 될 것이라고 늘 기대하지만
제 발등을 찍는 인생을 사는 것이다
남을 해롭게 하는 해충인 것이다
망하는 길을 찾아가는 것이다

큰일 났습니다

나라가 곧 망한대요
그 사람들 빨갱이래요
그 사람들 친일파래요
좌우가 힘을 합해 찾은 나라에서
찢어놓고 갈라놓고서 게임하듯
서로를 향해 송곳니를 드러낸다
하마처럼 어금니까지 드러낸다

해방 이후 지금까지
이 동네 저 동네로 편 갈라
대보름날 불놀이하듯
우리 편이 아니라면
욕하고 혐오하고 저주하며
서로가 용서할 수 없다고
핏대를 세우며 삿대질이다

거짓말에 심취된 사람들
그 거짓말을 퍼 나르는 사람들은
보고 싶은 것만 보고
듣고 싶은 것만 듣는다
SNS 늪에 빠져 허우적대며
편견에 편견을 학습한 후에는
거짓도 진리라 믿으며 산다

오늘도 광장은 찬 바람이 분다
분노와 혐오의 목소리들은
살벌한 전쟁터를 방불케 한다
삿대질하며 눈을 부라린다
이 땅에 바이러스가 다시 찾아왔나?
이 평행선은 끝이 없는 기찻길인가?
아! 예수의 피로도 고칠 수 없는 병인가?

아! 사람이 어찌 이 모양인가!

인생은 '나'라는 사람 하나
만들고 다듬다가
미완성 작품 하나 남기고
떠나는 조각가
신앙이란 '나'라는 사람 하나
똑바로 세우기 위한 돌 깎기
인격에 품격을 더하는 고된 작업

사람 사는 세상을 보라!
이해타산(利害打算)을 따지고
이해득실(利害得失)만을 따지지만
이놈한테 당하고
저놈한테 당하다가
사람 싫어 외톨이로 살고
사람 싫어 자연으로 간다

사람의 탈을 쓴 괴물인가?
사람이 징그러우면 어찌해야 하나?
실수든 고의든 잘못을 저질러놓고도
죄가 죄인 줄도 모르는 뻔뻔함에
부끄러움도 뉘우침도 없는 변명에
숨이 막혀 죽을 지경이다
그야말로 기절초풍할 일이다

아! 사람이 어찌 이 모양인가!

명절 단상

먼저 가신 님들이
보고 싶어지는 계절입니다
설 명절이 다가오니 더 그립습니다
내게도 어머니가 있었습니다
슬픔 가득한 사진 한 장 남기고
훌쩍 떠나가신 어머니

어린 날 두고 가시는 길
얼마나 힘들고 고통스러우셨나요?
어느 날 갑자기 세상을 떠나
늘 그리운 엄마 같은 누님
아랫녘 지방으로 내려가시더니
아예 소식이 끊어져 버린 누님

무심하게 살아있는 사람은 안타깝고
오랫동안 소식 없는 조카들은 버겁고
떠난 사람은 그 모습조차 볼 수 없어
자식들이 둘러 있고 손자가 있어도
그리움을 지울 수 없는 명절입니다
명절은 그리움의 날인가 봅니다

난, 춥디추운 바람 부는 겨울날
길가에 선 벌거벗은 나무가 되어
펑펑 쏟아지는 함박눈을 맞으며
먼저 가신 님들을 기다립니다
시린 가슴으로 슬픔을 마십니다
오늘 밤 꿈에라도 다녀가십시오

사노라면

사노라면
눈물 없는 인생이 어디 있으랴
고난 없는 인생이 어디 있으랴
상처 없는 인생이 어디 있으랴
후회 없는 인생이 어디 있으랴

잠시도
바람 잘 날 없는 인생사
우여곡절 많은 인생사
떠오르는 아침 햇살을 보며
저무는 석양 해를 바라보며
긴 한숨을 토하고 슬픔을 삼킨다

주변에
아무도 없다고 생각될 때
슬픔이 밀물 되어 다가올 때
현재의 고통을 견뎌내기가 버거울 때
그냥 그 자리에 서서
나직하게나마 외쳐보자

거기 누구 좀 없소
예수여, 날 좀 도와주소서!

더 늦기 전에

더 늦기 전에
미안하다고 말하세요
해와 달이 지나도록
실수와 허물을 가슴속에만
너무 오래 묵혀두지 말고

더 늦기 전에
사랑한다고 말하세요
젊은 날이 훌쩍 가버리고
노년의 시들어 버린 외로움이
석양빛으로 물들기 전에

더 늦기 전에
감사하다고 말하세요
고마움을 표현하지 못하고
가슴에 너무 깊이 담아둔
그 말이 잊혀지기 전에

그곳에 가고 싶다

지구를 한 바퀴 돌고 싶다
눈이 어두워 볼 수 없는
그러한 날이 다가오기 전에
실바람에도 차가움을 느끼기 전에
심장의 뜨거움이 식기 전에

지구 끝까지 가고 싶다
사람의 손으로 흉내조차 낼 수 없는
창조주께서 지으신 자연 만물
왁자지껄 아웅다웅하는 시장부터
사람의 손길 닿지 않은 곳까지

그곳에서 외치고 싶다
왜 사람을 지으셨으냐고
왜 사람을 사랑하시느냐고
왜 나 같은 사람도 아끼시냐고
베푸신 그 큰사랑이
너무너무 감사하다고

능내역에서

나는 어디에서 왔는가?
나는 어디로 가고 있는가?
나를 저 종점까지 데려다줄
기차는 언제 올 것인가?
남은 시간을 헤아려 봅니다

더 이상 기차를 볼 수 없는
인적이 끊어진 기찻길에 서서
오래전 이 길을 지났던 사람들
인생무상이 이런 것일 거라고
되뇌며 생각에 잠깁니다

더 빠르고 더 크게 더 높이
예전 것들이 사라져가는
진한 아쉬움은 무엇일까요?
시대에 뒤처진 자들의 항변일까요?
참고 기다리지 못하는 세상입니다

어쩌고저쩌고 이유를 대고
개발이라는 이름으로 파헤치고
발전이라는 이름으로 부수지만
부질없는 이 짓은 살아가는 동안
하루도 쉬지 않고 계속될 것입니다

내 인생의 남은 날에

어쩌다 여기까지 떠밀려왔네요
파도가 이리로 데려다주고는
시치미를 떼고는 떠나버렸네요
나는 왜 이곳에 머물고 있을까요
내가 원해서 여기까지 온 것일까요?

살다 보니 서울 변두리
서울 주변만 맴돌고 다녔네요
여기에 너무 오래 붙잡혀 있었네요
여기도 재개발이 된다고 하는데
나는 이제 어디로 가야 할까요?

내 나이 칠순을 바라보는데
가나안에 살았지만 나그네였던
아브라함의 얼굴이 스쳐가네요
내 인생의 남은 날에
내가 머물 곳은 어딘가요?

참 수고하셨습니다

인생!
그 어렵고 고단한 미술작업
쉽지 않은 고비고비
오늘 여기까지 살아오시느라
참 수고하셨습니다
위로의 차 한 잔 드리고 싶습니다

하루, 한 주일, 한 달
그날이 그날 같은데
기어코 한결같지 않은 날들이었습니다
오늘은 여기서
내일은 또 어디서
민원인의 목소리가 들려오겠지요

엄마 아빠로 살아가는 것도
직장생활도 사업하며 사는 것도
사장님 대표님으로 살아가는 것도
호락호락하지 않은 꼬부랑 고갯길
외로운 사람들이 슬픈 곡조가
소리 없이 귓전을 때립니다

그대여, 오늘도
수고가 참 많으셨습니다

나 이렇게 살리라

나 이제
주의 은혜로 살리라
은혜 아닌 것 무엇이랴마는
은혜를 은혜로 알고
맘속에 소중히 간직하면서

나 이제
주의 능력으로 살리라
귀한 선물로 주신 달란트
헛되이 사용하지 않으며
오롯이 주님 영광 위해

나 이제
주의 말씀 따라 살리라
믿음의 길을 갔던 사람들
말씀대로 이루어지는 걸
증거로 보여주심을 믿으며

나 이제
성령의 인도 따라 살리라
내 고집을 내세우기보다
내 계획을 이루려 하기보다
인도하심에 온전히 맡기며

심은 대로 거둔다

농부가 아닐지라도
우리는 알고 있습니다
성공한 사람이 아닐지라도
우리는 알고 있습니다
심은 대로 거둔다는 사실을

남들 보기에는
어느 한순간의 일처럼
그렇게 생각되어도
씨뿌리며 가꾸느라
땀 흘린 수고가 있었습니다

햇빛과 공기, 바람과 비는
우리 맘대로 할 수 없어서
옛사람들은 말했습니다
하늘이 도와야 한다고
하나님이 복을 주셔야 한다고

한 번쯤 뒤돌아보자

김윤홍 지음

발행처 도서출판 청어
발행인 이영철
영업 이동호
홍보 천성래
기획 육재섭
편집 이설빈
디자인 이수빈 | 구유림
제작이사 공병한
인쇄 두리터

등록 1999년 5월 3일
(제321-3210000251001999000063호)

1판 1쇄 발행 2025년 3월 31일

주소 서울특별시 서초구 남부순환로 364길 8-15 동일빌딩 2층
대표전화 02-586-0477
팩시밀리 0303-0942-0478
홈페이지 www.chungeobook.com
E-mail ppi20@hanmail.net

ISBN 979-11-6855-325-5(03810)